À Chloé,
Maia et Kim-Anne

O² xygène

Sylvie Sargueil-Chouery

Questions intimes de filles

Zelda Zonc

De la Martinière
Jeunesse

SOMMAIRE

Le sexe est présent partout...

À la télévision, en famille et au collège, sérieusement ou en plaisantant… partout on vous parle de sexe ou plutôt, de sexualité.
Tant et si bien qu'on pourrait croire qu'il n'y a plus rien de neuf à dire sur le sujet.
Et pourtant ! C'est vrai, il est très important de savoir comment s'aimer, se protéger ou choisir si on veut ou non un enfant. Mais les adultes ont tellement peur que vous ne soyez pas prêtes à temps qu'ils brûlent les étapes, oubliant de commencer par le commencement. Vous êtes submergées d'informations pour l'avenir mais vos inquiétudes présentes sont mal prises en compte.
À votre âge, l'urgence, c'est d'abord de savoir si vous êtes normale, si votre sexe se développe bien, si vos seins poussent comme il faut, si vos règles vont arriver et ce qu'il faudra faire alors… De vous situer par rapport aux autres, de comprendre le fonctionnement de ce nouveau corps...

Est-ce que toutes les filles sont faites pareil ? Que faire si les seins ne poussent pas ? Est-ce que les règles font grossir ?
Qu'est-ce qui est mieux, les serviettes ou les tampons ?
Est-il normal d'avoir envie de se caresser le sexe ? ...
Mais parler de soi, poser des questions intimes, ce n'est pas facile. Alors, ces questions nous les avons posées et nous y avons répondu pour vous.

ADOLESCENCE =
1
ABRICOT
BUISSON
2
WATERLOO
MORNE PLAINE
MONTAGNES RUSSES
Tu comprends ?

chapitre

1

Les organes génitaux et leurs transformations

En quoi notre sexe change-t-il à la puberté ?

Avant le début de la puberté, lorsque vous vous regardez nue debout devant une glace, votre vulve ressemble un peu à un abricot. C'est d'ailleurs l'un des surnoms qu'on lui donne parfois. Elle se présente comme une petite fente verticale, bordée de deux lèvres de peau toutes lisses. Ces lèvres peuvent être indifféremment fermées ou légèrement entrouvertes, laissant apparaître une deuxième paire de lèvres, plus fines, humides et roses, qu'on appelle les petites lèvres.

Si vous écartez les grandes et les petites lèvres, vous verrez qu'elles bordent un espace lisse appelé le vestibule, qui plonge en bas vers deux petits orifices situés l'un au-dessus de l'autre. Le plus grand des deux est l'entrée du vagin, le plus petit, juste au-dessus du précédent, est celui par lequel vous faites pipi : le méat urinaire.

En haut du vestibule, les petites lèvres se rejoignent en deux endroits au-dessus et juste en dessous d'un minuscule bouton de chair rose, ultrasensible, le clitoris. Ces jointures des petites lèvres entourent le clitoris d'une sorte de peau qui le protège, formant en haut le capuchon du clitoris et en bas, le frein du clitoris.

Entre l'âge de 8 ans (pour les plus précoces) et 13 ans (pour celles qui prennent leur temps), votre sexe commence à changer d'aspect. Ensuite seulement, viendront les poils et les seins.

Sous l'influence des hormones, votre vulve va gonfler et progressivement, la fente vulvaire autrefois verticale et bien visible descend jusqu'à devenir horizontale entre vos cuisses. Dans le même temps, vos petites lèvres grandissent et se pigmentent. Leur couleur change ; elles deviennent rose foncé, rouge violacé ou pratiquement marron, ça dépend des filles. On peut y voir et y sentir au toucher des sortes de petits grains, ce sont de petites glandes sébacées. Il en existe aussi à l'intérieur de la peau. Elles fabriquent le sébum, une sorte de graisse protectrice.

Si on tire sur ces petites lèvres pour les tendre, on peut aussi observer par transparence de fins vaisseaux sanguins. Au centre, entre les lèvres, le vestibule se colore d'un rouge plus vif. En haut, le clitoris et son capuchon grandissent également.

Dans un deuxième temps, des poils commencent à pousser sur votre mont de Vénus, tout en bas du ventre et juste au-dessus de la vulve.

Votre sexe est, avec votre poitrine, l'endroit de votre corps qui se transforme le plus, mais vous avez du mal à vous en rendre compte car vous ne pouvez pas bien l'observer. Les garçons ont plus de chance sur ce point. Cependant, avec un peu d'astuce et de patience, vous pouvez y arriver aussi. Pour ce faire, prenez un miroir, allongez-vous, écartez les jambes et placez la glace devant votre sexe. Levez la tête et vous verrez votre sexe dans le miroir.

▶ La vulve se compose :

– du **mont de Vénus** (du nom de la déesse romaine de l'amour et de la beauté), sorte de coussin de chair arrondi sur lequel poussent les poils. Il recouvre les os qui forment l'avant du bassin, qu'on appelle le pubis ;

– des **grandes lèvres**, replis de peau qui entourent la fente vulvaire et s'étendent du mont de Vénus, en avant, jusqu'au périnée (le muscle entre votre sexe et votre anus), en arrière. Elles sont recouvertes de poils à l'extérieur et d'un tissu rose-rouge et humide à l'intérieur ;

– des **petites lèvres**, encore appelées **nymphes**, situées à l'intérieur des grandes lèvres et constituées d'une muqueuse rose foncé à rouge violacé selon les endroits ;

– du **clitoris**, son **capuchon** (au-dessus) et son **frein** (en dessous) : ce sont des replis de chair formés par les petites lèvres qui se rejoignent à ces endroits.

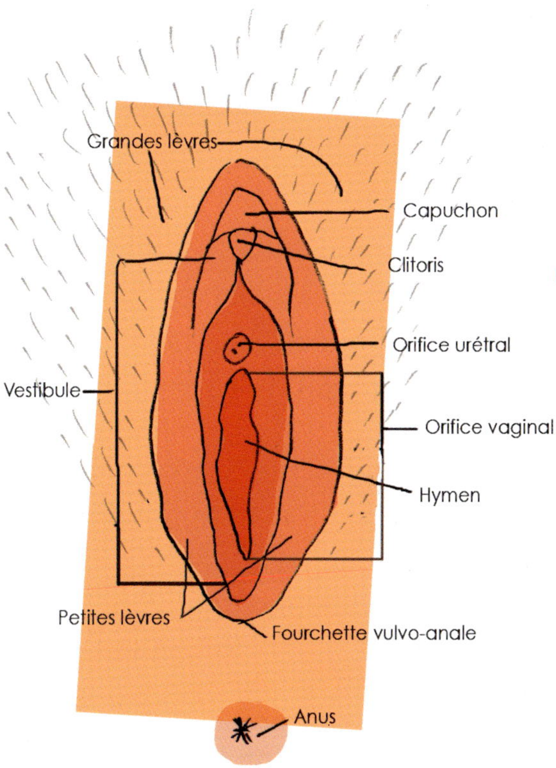

Combien de temps durent toutes ces transformations ?

Vous avez tendance à vous inquiéter quand vos copines se développent avant vous. Vous avez peur de ne pas être normale ou simplement de ne pas être « à l'heure ». Mais trop se comparer aux autres est une erreur, car chacune d'entre vous se transforme à son rythme.

Les premières transformations peuvent apparaître vers l'âge de 9 ou 10 ans, mais aussi beaucoup plus tard, vers 12 ou même 13 ans.

Ensuite, deux ans suffisent à certaines d'entre vous pour obtenir un corps adulte alors qu'à d'autres, il faut quatre ans, voire un peu plus. Une fois que le processus de la puberté est enclenché, il va continuer. Si votre puberté tarde et que vous êtes inquiète, n'hésitez pas à demander conseil à votre médecin de famille.

Pourquoi entend-on souvent parler du clitoris ?

Le clitoris est un organe qui mérite une attention particulière. Sa partie visible n'est pas plus grosse qu'un petit pois, parfois même plus petite. Il va pourtant jouer un rôle très important dans votre vie sexuelle future. On le compare souvent à un pénis (sexe masculin) miniature car il lui ressemble beaucoup.

Explications : ce que vous voyez de votre clitoris n'en est que l'extrémité, qu'on appelle le gland, exactement comme le bout du zizi des garçons. La comparaison ne s'arrête pas là ; comme le gland masculin, le gland féminin est recouvert d'une peau qu'on appelle « prépuce » chez les garçons et « capuchon du clitoris » chez les filles. L'un comme l'autre possèdent en dessous une petite languette de chair qu'on appelle le frein. Le corps du clitoris se cache sous la peau. C'est un petit cordon sensible que vous pouvez sentir avec votre doigt. À l'intérieur, il est constitué, comme la verge, de corps caverneux qui peuvent se remplir de sang et gonfler, dans certaines conditions (cf. chapitre plaisir).
Cela revient à dire que, comme les garçons, vous êtes capables de « bander » mais tellement discrètement, avec un organe si petit, que vous ne vous en rendez même pas compte vous-même.

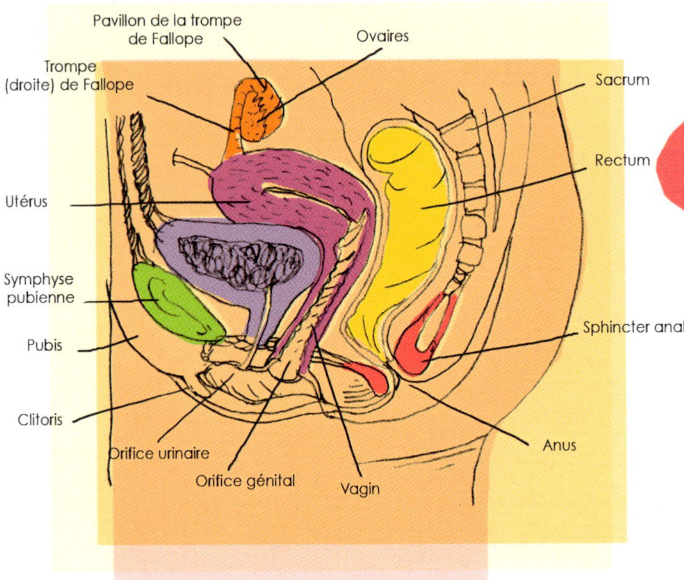

Le vagin est une sorte de couloir qui conduit à l'utérus. À l'intérieur, l'hymen et le col de l'utérus sont visibles.

L'hymen est un repli de la muqueuse vaginale, qui forme une sorte de membrane près de l'entrée du vagin. Au niveau de cette membrane, le conduit vaginal est plus étroit. Ce rétrécissement est de taille variable d'une fille à l'autre.

L'utérus est l'organe dans lequel se développent les bébés. Il se compose d'un corps, d'un col et de deux trompes, appelées trompes de Fallope.

Le col de l'utérus est un renflement percé d'un minuscule orifice par lequel l'utérus communique avec le vagin.

Les trompes de Fallope, avec leurs pavillons, sont de fins conduits qui font communiquer l'utérus avec les ovaires.

Les ovaires sont les glandes qui fabriquent les hormones sexuelles. Ce sont également les organes qui fabriquent les ovules. Un ovule est une cellule sexuelle qui, fécondée par un spermatozoïde, devient un embryon.

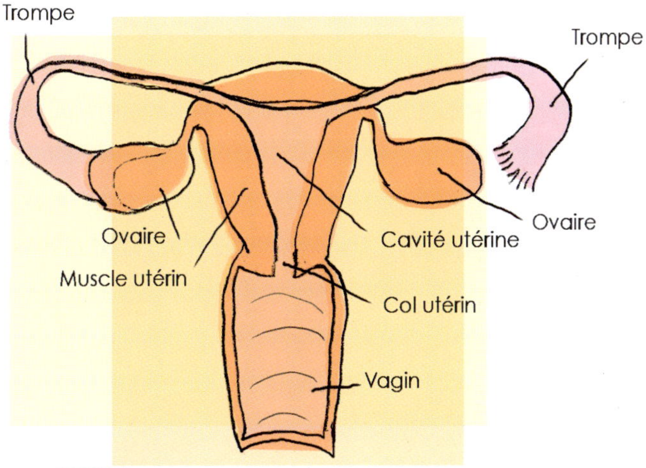

Qu'est-ce que le vagin ?

Les organes sexuels d'une femme sont en partie cachés à l'intérieur de son ventre. C'est ce qui les rend si mystérieux. Vous n'en voyez que la vulve mais ce que vous ne pouvez pas voir, vous pouvez le toucher. Il s'agit de votre vagin.

Si vous glissez un doigt à l'intérieur de votre vagin, vous allez sentir que c'est un conduit avec une paroi humide, douce et chaude qui rappelle l'intérieur des joues, à ceci près qu'elle n'est pas lisse mais donne au toucher la sensation de petites vagues. Selon votre stade de développement actuel, vous irez plus ou moins loin, car en même temps que votre vulve se transforme, votre vagin s'allonge. Sa longueur définitive sera en moyenne de six à huit centimètres, mais là aussi, c'est très variable d'une fille à l'autre.

Pas très loin de l'entrée du vagin, vous pouvez peut-être sentir une membrane, plus ou moins tendue, accrochée à la paroi vaginale et qui rétrécit le passage: c'est l'hymen. Mais il n'est pas obligatoire que vous le sentiez, car certains hymens sont très souples ou très petits, presque inexistants.
Tout au fond de votre vagin, il y a un renflement plus dur, que l'on sent bien au doigt, le col de l'utérus. Il est percé en son centre d'un minuscule orifice, qui laissera passer le sang des règles en provenance de l'utérus. C'est

également par cet orifice que passeront les spermatozoïdes déposés dans votre vagin quand vous aurez des relations sexuelles. Enfin, c'est là que sortiront plus tard vos bébés, si vous en avez. Le col de l'utérus est donc capable de s'agrandir énormément, mais seulement au moment de l'accouchement. En temps normal, même votre petit doigt ne peut y pénétrer et l'exploration de l'intérieur de votre sexe s'arrête là.

Qu'appelle-t-on les organes génitaux ?

Le terme d'organes génitaux (surtout employé en anatomie), vient du latin *genitalis* qui signifie «qui engendre». Il regroupe tous les organes participant à la genèse, c'est-à-dire à la fabrication, d'un autre être. Chez les garçons, sexe et organes génitaux sont une seule et même chose, qui comprend le pénis et les testicules. Chez les filles, les organes génitaux se composent du sexe et de l'utérus, qui ne joue aucun rôle dans les relations sexuelles mais permet de porter un bébé. Le sexe comprend les organes génitaux externes, représentés par la vulve, et une partie des organes génitaux internes, le vagin (les organes génitaux internes sont le vagin et l'utérus).

À quoi ressemble l'utérus ?

L'utérus, lui aussi, va subir en quelques mois des transformations phénoménales. Avant la puberté, il ressemblait à une sorte de dé à coudre, de deux centimètres cubes.

Alors que votre sexe opère ses transformations, à l'intérieur de votre ventre, votre utérus ne chôme pas non plus. Son volume se multiplie par dix et sa forme se modifie complètement. Son extrémité se renfle et il s'allonge, jusqu'à ressembler à une petite poire de six à sept centimètres de long environ. Une poire creuse à l'intérieur !

La paroi de l'utérus est un muscle d'une souplesse et d'une puissance incroyables. En effet, il est capable, quand un bébé grandit, de se distendre énormément, comme un ballon gonflable ; mais, contrairement à celui-ci, il n'éclate jamais. Le jour de la naissance, c'est lui qui déploie les efforts nécessaires pour propulser le bébé hors du ventre de sa maman. Ce n'est pas un petit travail (d'ailleurs, « le travail », c'est justement le nom qu'on donne à ces contractions de l'utérus qui précèdent l'expulsion du bébé). On compare généralement l'énergie dépensée au moment d'un accouchement à celle nécessaire pour un demi-marathon (soit 21 kilomètres de course à pied).

L'utérus possède aussi des sortes de cornes. Ce sont les trompes de Fallope, de fins conduits qui s'abouchent de part et d'autre de la partie haute et renflée de l'utérus. Ces trompes se terminent par un pavillon en forme d'entonnoir qui est au contact des ovaires. Ce n'est pas par hasard qu'elles ont cette forme évasée à leur extrémité, mais pour mieux récupérer les ovules libérés par les ovaires. Car les trompes ressemblent à des couloirs qui relient les ovaires et l'utérus : elles jouent un rôle important lors de la rencontre de l'ovule et du spermatozoïde (voir le chapitre sur les règles).

Les ovaires, à quoi ça sert ?

Les ovaires sont des glandes grosses comme des petites noix et toutes bosselées, situées sous le pavillon des trompes de Fallope, de chaque côté. Ils sont l'équivalent féminin des testicules.

Ce sont les tout premiers organes à se transformer au moment de la puberté mais, comme ils sont à l'intérieur de votre ventre, vous ne vous en rendez pas compte.

Leur rôle est double. Ils sécrètent les hormones sexuelles féminines, œstrogènes et progestérone (voir page 59) et libèrent les ovules. Mais avant d'être capables d'exercer ces fonctions, ils doivent eux aussi grossir.

En quelques mois, ils multiplient leur volume par huit, passant de la taille d'un petit pois à celle d'une petite noix.

Les ovules

Un enfant naît de la rencontre d'une cellule sexuelle paternelle, le spermatozoïde, et d'une cellule sexuelle maternelle, l'ovule. Le futur papa de vos enfants ne possède pas de spermatozoïdes d'avance, il en fabriquera au fur et à mesure dès la fin de sa puberté et tout au long de sa vie.

Mais pour vous, c'est totalement différent. Vous êtes dotée dès la naissance d'un stock définitif de quelques centaines d'ovules. Ce sont des petites cellules rondes microscopiques, réparties à l'intérieur de chacun des deux ovaires. Contrairement aux testicules (qui fabriquent des spermatozoïdes), vos ovaires ne fabriquent pas d'ovules, mais dès que vous avez fini votre puberté, ils commencent à les faire mûrir. Ils les tiennent au chaud comme une poule couve un œuf et, lorsqu'ils sont prêts, les libèrent dans les trompes de l'utérus. Un ou deux par mois, pas plus. On appelle ce phénomène « l'ovulation » (voir le chapitre sur les règles). Lorsque tous les ovules sont pondus, vers l'âge de 45-50 ans en moyenne, une femme ne peut plus avoir d'enfant.

« Je suis terriblement complexée, je n'ose plus me déshabiller devant mes copines parce que mon sexe n'est pas normal. Mes petites lèvres dépassent à l'extérieur, alors que des copines que j'ai vues quand on prenait des douches en colo, n'avaient rien qui dépassait sous les poils. »

Témoignage anonyme sur un forum Internet

Est-ce que les filles sont toutes faites pareil ?

Au niveau de la vulve, comme pour toutes les autres parties du corps, vous êtes à la fois toutes semblables et toutes différentes.
De la même manière que le pénis et les bourses des garçons sont de taille variable, les filles ont un clitoris et des lèvres, grandes et petites, plus ou moins développées.
Les complexes naissent des comparaisons, de la peur d'être anormale et de l'ignorance.

Pour savoir si vous êtes normale, vous cherchez à regarder les autres. Les copines dans les vestiaires, les filles nues dans les magazines quand vous avez l'occasion d'en voir. Mais ce n'est pas facile, un sexe de fille, c'est caché et il est rare de pouvoir en contempler un de près… et de loin, vite fait, on ne voit généralement rien.

En plus, lorsque vous étiez petite, vos petites lèvres étaient minuscules et si elles dépassaient de votre vulve, ce n'était pas de beaucoup. Si en revanche elles sont à présent devenues tellement grandes qu'elles pendent un peu à l'extérieur de votre sexe lorsque vous êtes debout, il n'y a rien d'étonnant à ce que vous craigniez d'être anormale. Car il est probable que, n'en n'ayant jamais entendu parler, vous ignoriez tout des différences physiques qui peuvent exister d'une fille à l'autre.

Pourtant, vous êtes tout à fait normale, car il n'y a pas vraiment de taille standard des petites lèvres ; c'est extrêmement variable d'une femme à une autre.

Pour répondre aux angoisses insurmontables de certaines femmes, il existe des chirurgiens esthétiques qui proposent de couper les petites lèvres jugées trop longues. C'est une porte de sortie si vous ne parvenez vraiment pas à accepter votre sexe comme il est. Mais on ne pratique pas ce genre d'opération avant l'âge adulte et il est conseillé de bien réfléchir avant, car il s'agit d'une zone du corps très sensible et des douleurs pourraient persister.

Les petits noms du sexe féminin

Il est assez rare d'entendre le sexe féminin appelé par son vrai nom, ou plutôt les deux noms qui le composent, vulve et vagin. D'ailleurs, il en va de même pour le sexe masculin.
Peut-être parce que parler sérieusement de sexe reste tabou, alors il est plus facile d'utiliser l'humour ou d'employer des surnoms enfantins, des comparaisons imagées et même, hélas, des grossièretés... C'est selon les gens et les circonstances. Selon qu'il s'agit d'une maman qui parle à sa petite fille, d'un amoureux qui parle à sa chérie, de deux garçons qui se racontent des blagues de cour de récré... Comme si la pudeur et les tabous empêchaient de prononcer les vrais noms. Comme si c'était moins « grave » de dire minou ou zézette que vulve. C'est aussi plus joli car, convenons-en, vulve, cela fait un peu scientifique !
Les surnoms les plus mignons sont employés pour s'adresser aux petites filles : foufoune, foufounette, zézette...
Mais il existe tout un tas de surnoms plus ou moins élégants, chatte, minou, brocoli, gazon, berlingot, bouton de rose, blason, figue, moule... et j'en passe.
Certains sont véritablement insultants. C'est le cas du mot « con » (issu du latin), qui désignait autrefois le sexe féminin et est devenu, au fil du temps, sans qu'on sache vraiment pourquoi, une injure.

Un homme au moins, Georges Brassens, s'en est offusqué d'une façon très poétique dans une chanson à la gloire du sexe féminin, *Le blason*, dont voici un couplet :
«La malpeste soit de cette homonymie
C'est injuste madame et c'est désobligeant
Que ce morceau de roi de votre anatomie
Porte le même nom qu'une foule de gens.»

TATIE SIMONE
mamie
Bernadette
LOUISE
Moi
Colette
Cousine Léa
mamie Denise
Marie-Lou
mamie JULIETTE
DODO

chapitre

2

Autour des seins

À partir de quel âge les seins commencent-ils à pousser ?

Il n'y a pas de réponse unique à cette question. Les seins commencent à pousser sous l'influence des hormones sexuelles fabriquées par les ovaires, un peu après que les transformations de la vulve ont débuté. C'est tout à fait variable d'une fille à l'autre.

En moyenne, les premiers signes apparaissent aux alentours de 11 ans, mais certaines filles très précoces commencent à avoir de petits seins dès l'âge de 8 ou 9 ans. D'autres sont encore plates comme des garçons à l'âge de 12, voire 13 ans.

Le fait d'avoir une puberté tardive ou avancée est souvent héréditaire et on peut retrouver ce même décalage chez la maman, une tante ou une grand-mère. Mais ce n'est pas obligatoire. Vous pouvez aussi être la première de la famille à voir pousser vos seins très tôt ou très tard.

Une fois qu'ils ont débuté leur croissance, il leur faut généralement trois ou quatre années pour obtenir leur taille définitive. Voilà comment cela se déroule.

D'abord, les aréoles, ces deux petites zones arrondies semblables à des boutons-pressions, de couleur rose ou marron clair, se surélèvent et deviennent sensibles. Désormais, au moindre contact, elles peuvent faire mal. Vous commencez alors à redouter certaines situations « à risque », comme être bousculée dans le bus, en faisant du sport, ou même en chahutant. La surélévation de l'aréole et la sensibilité de cette zone marquent le début de la croissance de vos seins : ceux-ci ne cesseront plus de pousser jusqu'à atteindre leur taille définitive.

Cela commence parfois d'un seul côté. Il n'y a pas de quoi vous inquiéter, c'est normal. Progressivement, la peau autour se met à gonfler aussi et le deuxième sein, s'il tardait un peu, se met à grossir à son tour au bout de quelques semaines. L'aréole devient plus saillante, elle fonce et se parsème de petits renflements tout juste gros comme des têtes d'épingles mais qui lui donnent son aspect grenu (couvert de petits grains).

Au centre de l'aréole, le mamelon, qu'on appelle familièrement le téton, grossit. Il devient érectile, c'est-à-dire capable de gonfler et de se dresser comme une petite pointe au bout du sein. Cette fonction lui permettra plus tard de servir de tétine à un bébé. En attendant, c'est parfois gênant parce qu'un léger frottement ou le froid suffisent à faire pointer les mamelons sous vos vêtements.

Que faut-il faire s'ils ne poussent pas ?

La formation progressive des seins est la première manifestation vraiment visible de votre puberté. Leur poussée, comme votre croissance, nécessite une bonne alimentation, saine, variée et en quantité suffisante. C'est pourquoi certaines jeunes filles en carence alimentaire (parce qu'elles vivent dans des pays pauvres) ou qui souffrent d'anorexie,

présentent une puberté retardée par rapport à celles qui ont une alimentation équilibrée, suffisamment riche en calcium et en protéines, en particulier. Dans ce cas-là, c'est le retour à une alimentation normale qui donne la clef du problème.

Toutefois il arrive que des filles ayant une alimentation normale aient également des seins petits ou qui poussent lentement, c'est une question de prédispositions familiales et personnelles. Vos seins pousseront plus ou moins vite et seront plus ou moins gros.

Enfin, parfois, c'est un manque d'hormones qui explique le ralentissement de votre développement mammaire et dans ce cas, un traitement (des hormones de substitution) peut vous aider. Bien que ces anomalies hormonales soient rares, il ne faut pas passer à côté car elles se soignent. Donc, si vers l'âge de 13 ans, vos seins ne poussent toujours pas du tout, il est préférable de consulter un médecin qui analysera votre courbe de croissance, demandera des dosages d'hormones et si besoin des radiographies des mains pour vérifier que votre développement pubertaire correspond bien à l'âge de votre squelette (évalué sur l'aspect des os des mains).

Le médecin peut alors constater que vos os ont 13 ans (c'est aussi votre âge réel) et que vos seins, en revanche, ont un développement qui correspond plutôt à la moyenne des filles de 10 ou 11 ans. Dans ce cas, c'est clair, votre puberté a pris du retard et un traitement d'hormones vous aidera à le rattraper. Si, en revanche, vos os et vos seins ont tous un aspect de 11 ans bien que votre âge réel soit 13 ans, votre corps se développe harmonieusement mais plus lentement que la moyenne des autres filles. Dans ce cas, le traitement n'est pas indispensable, car il vous suffit d'attendre pour les rattraper.

Pourquoi n'a-t-on pas toutes les seins de la même forme ?

La taille et la forme des seins varient considérablement d'une fille à l'autre. La raison de ces différences est génétique, et vous n'y pouvez rien changer.

Mais cela ne signifie pas pour autant que vous aurez forcément les mêmes seins que votre mère, car vos caractères héréditaires résultent d'un savant mélange de gènes issus de vos aïeux paternels et maternels. C'est pourquoi personne au monde, sauf éventuellement une « vraie » jumelle, n'a exactement, les mêmes seins que vous !

Certaines ont des seins ronds et assez haut perchés qui font penser à des pommes, d'autres des seins plus allongés qu'on compare volontiers à des poires ou des gouttes d'eau… Certains sont petits, d'autres plus gros. La couleur des aréoles varie aussi du rose pâle au brun foncé. Chaque type de seins a son charme mais, quoi qu'il en soit, il ne serait pas étonnant que vous trouviez ceux des copines mieux que les vôtres. Car il est difficile d'avoir une bonne image d'un corps qui change tout le temps et en même temps d'assumer le fait de plaire aux garçons. Souvent, vous êtes insatisfaite et très exigeante avec vous-même. C'est pourquoi l'adolescence est l'âge des complexes ; mais lorsque vous aurez vos seins définitifs, il est probable qu'un jour, en vous regardant dans la glace, vous les trouviez beaux.

A-t-on toujours un sein plus petit que l'autre ?

Oui, c'est en tout cas extrêmement fréquent que l'un des deux seins soit un peu plus costaud que l'autre, ou que les deux ne soient pas exactement à la même hauteur. Il n'y a pas de raison particulière à cela. C'est comme ça !

À votre âge, on remarque volontiers cette asymétrie car elle est accentuée par le fait que vos seins se développent rarement exactement à la même vitesse. À l'âge adulte, la différence se fait plus discrète et on a tendance à l'oublier.

Est-ce qu'il y a déjà du lait dans les seins ?

Non, il n'y a pas de lait dans vos seins. Pour qu'il y en ait, il faut que votre hypophyse, une petite glande cachée à la base de votre cerveau, fabrique une hormone spéciale, la prolactine. Et pour que cela se produise, il faut attendre un bébé. Car la nature ne fait pas les choses au hasard, et quand une femme fabrique du lait, c'est pour nourrir un petit ! Lorsque le bébé est sevré, les seins n'en produisent plus.

Est-il exact qu'on peut avoir plus de deux seins ?

Il s'agit en réalité d'une malformation de naissance, généralement héréditaire, et qui touche environ une femme sur cent. Le plus souvent, cette malformation se cache sous un bras, dans le creux de l'aisselle, et jusqu'à la puberté, on ne la remarque pas vraiment. Lorsque la poitrine se développe, le sein en trop reste généralement très discret, ne se manifestant que par un simple mamelon, sans aréole ni renflement. Mais parfois, il s'agit d'un véritable petit sein capable même de produire du lait. Au Moyen Âge, on croyait que c'était de la sorcellerie. Aujourd'hui, si cela gène sur un plan esthétique ou si c'est douloureux, on enlève le sein de trop lors d'une petite opération simple.

Quand faut-il mettre un soutien-gorge ?

Dès que vos seins commencent à prendre un peu de volume, assez pour remplir un petit bonnet de soutien-gorge, il est préférable d'en porter un. Explication : vos seins sont enveloppés de peau. Ce sont les fibres de cette peau qui les tiennent fermes et en position haute. Imaginez que cette enveloppe soit un ballon gonflable qui contiendrait quelque chose de lourd, de l'eau par exemple, et qu'on coure avec ce ballon à la main. Progressivement, il va se distendre et se déformer sous l'effet du poids et des secousses. Le même phénomène va se produire au fil des années, au niveau de vos seins. La peau devient moins souple et ses fibres se distendent, d'autant plus qu'en courant, et même en marchant, vos seins ballottent et leur poids « tire » sur la peau. À la longue, cela casse les fibres de la peau qui les maintiennent, surtout si votre poitrine est lourde.

Vos seins deviennent moins fermes et ils « tombent ». Le rôle du soutien-gorge est de soulager votre peau en soutenant vos seins à sa place. Ainsi, ils restent beaux plus longtemps.

Par ailleurs, courir sans soutien-gorge, vous vous en êtes peut-être déjà rendu compte… ça fait mal !

À travers l'histoire, les femmes ont toujours utilisé des moyens pour soulager leurs seins, en les bandant avec des morceaux de tissus d'abord, puis en portant des corsets et, depuis le début des années trente, les premières versions du soutien-gorge actuel.

Vous devez choisir un bon soutien-gorge, bien adapté à votre poitrine. Pour cela, il faut toujours l'essayer avant de l'acheter, ne pas hésiter à demander conseil à votre mère et (ou) à la vendeuse, et en changer au fur et à mesure que vos seins grossissent. Il doit bien vous soutenir, sans vous écraser les seins. Les bretelles ne doivent pas non plus être trop serrées.

Pour le sport, il existe des soutiens-gorge spéciaux. Ils sont plus élastiques, sans armatures ni fioritures, ils ne sont pas très jolis mais ce n'est pas leur rôle. Ils ont tendance à vous faire une poitrine toute plate parce qu'ils la maintiennent fortement plaquée contre vos côtes, évitant ainsi à vos seins de bouger et donc de vous faire souffrir lorsque vous courez, sautez, etc.

Vos seins sont jeunes, beaux et fragiles, ils ont encore un long avenir devant eux : prenez-en soin !

Transformer ses seins est-il dangereux pour la santé ?

Il y a forcément un risque, puisque transformer ses seins signifie se faire opérer et supporter une anesthésie générale. Il peut y avoir des complications comme lors de toute intervention chirurgicale, en particulier des douleurs, une infection, une cicatrice disgracieuse…

Mais bien sûr, si les conditions opératoires sont bonnes et le chirurgien entraîné, ce risque est peu important. La plupart du temps, les femmes qui font refaire leurs seins par un chirurgien le font pour des raisons esthétiques. Elles les trouvent trop gros, trop petits, trop bas, trop dissymétriques, ou encore elles n'aiment pas leur forme.

Avant de prendre une décision comme celle-ci, plusieurs conditions doivent être réunies.
La première est d'avoir acquis définitivement sa morphologie d'adulte car on ne modifie pas un corps qui est en pleine transformation. On ne sait pas à quoi il ressemblera plus tard, ni ce qui se passera si on y touche avant la fin des modifications naturelles.
Ensuite, il faut également avoir atteint une certaine maturité dans sa tête car personne n'aime vraiment

bien son corps à l'adolescence. Il a beaucoup changé depuis l'enfance, il faut s'y habituer. Il faut aussi et surtout affronter le regard des garçons. On voudrait plaire et on a toujours peur de déplaire…

Il faut donc attendre d'être bien certaine de savoir ce que l'on veut car il y a aussi un risque psychologique à se faire opérer, celui par exemple de s'aimer encore moins après qu'avant. Alors, avant tout, laissez-vous le temps de vous habituer à vos nouvelles formes et au regard des autres sur vous.

Cependant, il arrive parfois que votre poitrine soit vraiment très grosse, lourde, gênante et vous occasionne des douleurs du dos et de la nuque importantes, vous obligeant à vous tenir voûtée.

Dans ce cas-là, qui est rare, l'opération se justifie d'un point de vue médical. C'est l'un des rares cas où elle est prise en charge par la sécurité sociale. Et une opération des seins coûte très cher. Une autre bonne raison pour attendre un peu que le temps apaise le jugement sévère que vous portez sur vous-même !

Pourquoi ça fait mal quand on prend un coup sur les seins ?

Quand on reçoit un coup sur un sein, l'intensité de la douleur dépend de ce qui se passe dans votre corps au niveau hormonal.

En période de chambardement interne, durant la puberté par exemple, ou plus tard, chaque mois avant les règles, les seins sont parfois tendus, gonflés et hypersensibles. Dans ces périodes-là, ils sont souvent un peu douloureux et le moindre effleurement augmente cette sensation désagréable, alors prendre un coup est vraiment à hurler. D'autant qu'une appréhension normale s'ajoute à la douleur de départ ; et plus on a peur d'avoir mal, plus on a mal.

Du « monde au balcon » aux « œufs sur le plat »

Les mots pour désigner les seins se comptent par dizaines. Pare-chocs, airbags, amortisseurs, ballons, flotteurs, obus… Pas de doute, ce sont des hommes qui ont trouvé ces surnoms-là. Mais bien avant de séduire les hommes, les seins ont conquis les bébés des deux sexes en leur offrant, dès la naissance, de quoi se rassasier et de doux coussins où poser la tête. C'est sans doute en hommage à cette période qu'ils ont aussi un grand nombre de surnoms aux sonorités enfantines tels que lolos, doudounes, roploplos, roudoudous, nénés, tétés, tétines et même trottinets. Ainsi qu'un surnom étrange, les « roberts », et qui a la même origine, puisque Robert était la marque du premier biberon à tétine de caoutchouc fabriqué industriellement, en 1888 !

Les seins ont également droit à quelques comparaisons fruitières aisément compréhensibles et variables en fonction de leur taille, comme les pastèques, les pamplemousses, les melons… voire les mandarines.

Certaines expressions imagées distinguent les gros seins (« du monde au balcon », par exemple) des petits (« des œufs sur le plat »).

Enfin, on rencontre une foule d'appellations toutes moins élégantes les unes que les autres, dont nichons, loches, nibards ou les inévitables eins en verlan et, heureusement, c'est justice, quelques surnoms plutôt flatteurs tels que les avantages, les atouts ou encore les charmes.

Tu piques, Josette !

chapitre

3

Poils en tous genres

Quand et comment poussent les poils de votre sexe ?

Les poils, comme les seins, commencent à pousser un peu quand ils veulent, dans une certaine limite tout de même. En gros, tout commence entre 9 et 14 ans. Fin de l'histoire entre 12 et 17 ans. Entre les deux, tout est possible, mais l'ordre d'apparition des poils, en revanche, ne doit rien au hasard.

Les premiers poils poussent sur les grandes lèvres et le long des berges de la fente vulvaire. Ils sont épars et peu nombreux, jamais très foncés, légèrement ondulés et ressemblent en fait à un petit duvet. Au fil du temps, ces poils foncent, s'épaississent et frisent. Puis ils s'étendent sur les côtés, forment un triangle, limité au début, puis de plus en plus large. Lorsqu'ils s'étendent un peu trop en direction des cuisses et qu'ils dépassent du maillot de bain, c'est fini, vous avez tous les poils prévus par la nature. Et même un peu plus que désiré, puisqu'en règle générale, on épile ce qui dépasse : c'est ce qu'on appelle « se faire le maillot ».

Pourquoi certaines filles ont plus de poils que d'autres ?

Les poils pubiens, comme les cheveux, peuvent varier en quantité, en apparence et, dans une certaine mesure, par leur façon de se répartir. Vous en avez plus ou moins et ils sont plus ou moins frisés, plus ou moins foncés, plus ou moins envahissants… La grande responsable de toutes ces fantaisies, c'est votre hérédité.

Comme chacun de vos caractères physiques, votre type de pilosité est déterminé par une combinaison de gènes venant de votre papa et d'autres venant de votre maman. Selon la façon dont se mélangent et s'expriment ces gènes, vous pouvez, par exemple, avoir la même couleur de poils que votre père implantés de la même manière que votre mère, ou des caractéristiques de poils différentes de l'un et de l'autre mais qui ressembleraient à celles d'une de vos grand-mères… Les combinaisons sont très nombreuses. Grâce à elles, vous ressemblez à vos parents et en même temps, vous êtes un être parfaitement unique.

Est-ce que les blondes ont les poils blonds ?

Les blondes peuvent avoir les poils blonds ou châtains, il n'y a pas de règles.
En revanche, une brune n'a jamais les poils blonds car, pour une raison inconnue, les poils pubiens sont plus foncés que les cheveux. Peut-être parce qu'ils sont moins exposés à la lumière ?

Est-il normal d'avoir des poils et pas du tout de seins à 12 ans ?

Oui, cela n'a rien d'anormal. Ces poils qui arrivent « en éclaireurs » ne prouvent pas que votre puberté ait vraiment démarré. En effet, ce ne sont pas vos ovaires qui fabriquent les hormones responsables de la pousse de ces poils, mais les glandes surrénales. On les appelle ainsi car elles sont situées juste au-dessus de vos reins. À la puberté, elles donnent « un coup de main », en fabriquant une petite quantité d'hormones sexuelles mâles qui stimulent la pousse des poils.

Il est donc tout à fait possible que vos poils poussent et pas vos seins. Cela signifie simplement que l'activité de vos ovaires, et donc votre puberté, n'a pas encore démarré ou n'en est qu'à ses débuts.

Ce décalage entre apparition des poils pubiens et développement des seins est sans conséquences. Mais si vous avez la moindre inquiétude, ne gardez pas vos angoisses pour vous, parlez-en à votre médecin de famille ou à votre pédiatre qui sauront vous conseiller.

À quoi servent les poils ?

C'est assez mystérieux. D'après des spécialistes des poils, ils joueraient un rôle dans la séduction. Sur un plan esthétique, c'est un peu douteux. En tout cas, aujourd'hui, on a plutôt tendance à leur faire la chasse pour être plus belle.

En réalité, pour ces experts en poils, leur rôle serait de retenir des molécules chimiques (de la famille des phéromones), fabriquées par de petites glandes, non identifiées pour l'instant, et qui contribueraient à l'attirance entre les hommes et les femmes. En quelque sorte, vos poils pubiens agiraient comme des diffuseurs d'un parfum « inodore », inconsciemment perçu et qui vous rendrait sexuellement attirante pour un garçon qui passerait par là.

Force est de constater que l'expérience contredit le laboratoire, c'est manifestement très insuffisant pour draguer, sinon les garçons tomberaient tous comme des mouches ! D'ailleurs, de nos jours, avec le développement de l'hygiène, des savons et des parfums, modifiant notre odeur naturelle, cette fonction d'attraction chimique, héritée de très lointains ancêtres, ne joue vraisemblablement plus aucun rôle.

L'esclavage des poils

L'épilation n'est pas une obligation, c'est une mode. Un besoin créé pour répondre aux canons de beauté actuels de notre société. Vos grand-mères ne s'épilaient pas et personne ne s'en offusquait. Nos voisines allemandes et scandinaves s'épilent paraît-il bien moins que nous et aux États-Unis, de plus en plus de femmes font de la résistance anti-épilation.

Car c'est une véritable servitude. Jambes, maillot, dessous de bras... ça prend du temps, ça repousse tout le temps et ça fait mal ! Tout l'art consiste à être efficace le plus longtemps possible, sans trop souffrir et sans s'abîmer la peau. Soyez tout de suite rassurée, la méthode parfaite n'existe pas.

Le rasoir ? Rapide mais les poils repoussent vite et drus.

La crème dépilatoire ? Un produit chimique agressif qui peut « brûler » la peau ; mieux vaut ne pas en abuser.

L'épilation électrique ? Efficace trois semaines environ mais plutôt douloureuse.

L'épilation à la cire ? Chaude, froide ou tiède, elle est faisable à la maison et chez l'esthéticienne, son efficacité est aussi bonne que l'épilation électrique et cela fait moins mal.

Au final, deux conseils : ne vous précipitez pas, attendez d'en ressentir vraiment le besoin pour commencer à vous épiler ; commencez par des bandes de cire froide. C'est simple, sans danger, peu douloureux, efficace, et leur coût reste abordable.

Si cette méthode ne vous convient pas, il sera toujours temps de tester la crème dépilatoire ou l'épilateur électrique.

Mais il ne faut pas épiler le fin duvet qui recouvre votre lèvre supérieure. Si cela vous gène vraiment, demandez conseil à un dermatologue.

Courtes ou longues ? Légères ou importantes ? Vous êtes réglée comment, mademoiselle ?
ADO, PROFITEZ DE NOS CONSEILS !!
PAS DE VIE SAINE SANS RÉGLO !
PRIX SPECIAL POUR ADO !!
TARIFS
RÉGLO !
CHEZ NOUS, TOUT EST RÉGLO !

chapitre

4

Hygiène féminine et règles

Qu'est-ce que c'est, les pertes qu'on a avant les règles ?

Sous l'effet de vos hormones sexuelles, dans votre vagin, de petites glandes du col de l'utérus se mettent à fabriquer des sécrétions, blanches ou translucides, plus ou moins épaisses et abondantes, qui tachent vos sous-vêtements. N'ayez aucune inquiétude, ces pertes sont normales. Elles sont le témoin que vos organes se préparent à entrer en fonction, c'est-à-dire à devenir capables de concevoir et accueillir un enfant. Des pertes de ce type, vous en aurez désormais, plus ou moins, à certains moments du mois ou lorsque vous attendrez un bébé, par exemple. Ces sécrétions maintiennent votre vagin bien hydraté, souple et humide. C'est ce qu'il lui faut pour que s'y développent les défenses qui le protègent des infections et des irritations. Ces pertes ne sont pas sales et il ne faut surtout pas tenter de vous laver l'intérieur du vagin, qui se nettoie tout seul. Si, d'aventure, quelque chose de sale y pénètre, du sable de plage par exemple, il est éliminé par les différentes sécrétions vaginales. Dans ce cas, lavez votre sexe à l'extérieur avec du savon et rincez-vous au pommeau de douche. Cela suffit. Au contraire, les lavages intérieurs au savon (ou tout autre produit dit « d'hygiène intime ») peuvent irriter la muqueuse.

« Je suis née en 1962, et j'ai eu mes règles tard, à 14 ans et demi, sans savoir ce que c'était... avant ma sœur jumelle que j'ai pu prévenir. J'avais ce jour-là mangé des rouleaux de réglisse et portais des sous-vêtements orange, et je n'ai pas vu tout de suite que c'était du sang... après j'ai eu peur, puis honte et j'ai attendu le soir avant d'oser en parler à ma mère ! Je lui en veux encore de ne pas m'avoir informée... »

Sylvie, 44 ans

Ces pertes ne sont pas des règles mais elles annoncent leur venue prochaine, puisque les règles, elles aussi, témoignent de la « mise en fonction » de vos organes sexuels. Elles peuvent cependant précéder vos règles de plusieurs mois, voire d'un ou deux ans. Il arrive aussi à certaines filles, pas toutes, d'avoir quelques pertes un peu colorées, orangées ou brunâtres, correspondant à d'infimes saignements : ce ne sont pas encore des règles mais c'est un début. Tout se passe comme si le corps faisait des essais et avait quelques ratés avant que tout marche vraiment bien.

Si ces pertes sont abondantes, vous pouvez porter des protège-slips pour les absorber et éviter de tacher vos dessous. Avec le temps, ces pertes vont devenir plus discrètes.

Il existe aussi des pertes anormales et qui nécessitent un traitement, mais elles sont facilement reconnaissables, à leur couleur verdâtre ou jaunâtre, à leur mauvaise odeur, au fait qu'elles s'accompagnent généralement de brûlures ou de démangeaisons. Dans ce cas, les pertes témoignent d'une infection qu'il faut soigner. Il est donc indispensable de consulter un médecin (voir le chapitre suivant).

Comment surviennent les règles ?

Les premières règles surprennent toujours car elles arrivent à l'improviste. Parfois cependant, elles s'annoncent « calmement ». Un jour, vous découvrez dans votre culotte une tache brune, noirâtre ou rouge. C'est l'alerte. À partir de là, préparez-vous à saigner plus abondamment dans les heures à venir.

D'autres fois, elles arrivent brutalement, et c'est d'emblée un vrai saignement qui se déclenche, sans ultimatum ! Ça coule tout seul. Vous avez d'un coup l'impression d'avoir des fuites de liquide incontrôlables, comme si vous vous faisiez pipi dessus, mais ce n'est pas de l'urine, c'est du sang.

Deux choses sont essentielles pour éviter de paniquer. La première consiste à vous dire que c'est normal, tout va bien, vous saviez que tôt en tard vous auriez vos règles, maintenant, c'est chose faite.

La seconde est d'avoir pris vos précautions en ayant toujours dans votre sac une culotte propre pour vous changer et surtout une serviette hygiénique achetée en grande surface, « empruntée » à votre maman, une sœur ou une copine. Ainsi, même si vos règles sont abondantes dès la première fois, vous pourrez vous protéger en urgence.

Pourquoi appelle-t-on cela des règles ?

On parle de règles parce que c'est un phénomène qui revient régulièrement. En médecine on dit aussi des menstrues ou la menstruation, qui vient du mot latin *menstrualis* qui signifie « mensuel ». En effet, désormais, théoriquement, vous aurez ces saignements régulièrement, une fois tous les vingt-huit jours.

En réalité, cette règle (c'est le cas de le dire !) souffre des exceptions. D'abord, vingt-huit jours, c'est une moyenne. Si la majorité des femmes ont leurs règles tous les vingt-huit jours, certaines femmes les ont tous les vingt jours et d'autres tous les quarante jours, mais c'est rare. Entre ces deux extrêmes, toutes les durées existent. Quant à la régularité, elle n'est souvent pas présente d'emblée. Il faut souvent quelques mois à deux ans, selon les filles, pour qu'elle s'installe. Au début, il est très fréquent que les règles surviennent de façon irrégulière et même très irrégulière, seulement un mois sur deux voire trois.

Lorsque tout est bien en place, la survenue des règles correspond à la fin d'un cycle marqué par une succession d'événements qui se déroulent au niveau de vos ovaires et de votre utérus et qu'on appelle le cycle menstruel.

Le premier jour des règles est à la fois le dernier jour d'un cycle et le premier du suivant. C'est-à-dire que dans un cycle moyen, le vingt-huitième et le premier jour du cycle se confondent.

Pourquoi a-t-on des règles ?

Si vous n'aviez pas de règles, vous ne pourriez pas avoir d'enfants. Au premier jour du cycle menstruel (qui est donc aussi le premier jour des règles), vos ovaires commencent à libérer, dans votre sang, de plus en plus d'hormones appelées œstrogènes. Leur rôle est d'amener à maturité un « œuf » capable d'être fécondé par un spermatozoïde.

Cet œuf, appelé ovule, existe depuis toujours dans un de vos ovaires, stocké avec des centaines d'autres qui attendent leur tour pour mûrir. Car les ovules mûrissent à tour de rôle. Un ou deux par cycle, pas davantage.

Il faut, en moyenne, quatorze jours pour que l'ovule parvienne à maturité. Le quatorzième jour est celui de la « ponte », appelée l'ovulation. Dès que l'ovulation a eu lieu, le taux d'œstrogène dans votre sang diminue fortement, tandis que le taux de progestérone, également fabriquée par les ovaires, augmente.

L'ovaire libère l'ovule qui tombe dans le pavillon de la trompe et entreprend, le long de celle-ci, un lent voyage de trois ou quatre jours en direction de l'utérus.

Pendant ce temps, sous l'influence de la progestérone, l'utérus a commencé à se préparer pour le recevoir. Un nid douillet a été aménagé dans son intérieur, pour accueillir un bébé. Pour faire ce nid, la paroi interne de l'utérus s'est épaissie pour former un tapis dense de petits vaisseaux sanguins.

Pendant ce temps-là, l'ovule poursuit sa descente. S'il y a eu relation sexuelle, l'ovule peut alors être fécondé par un spermatozoïde. C'est la première étape du processus de développement d'un futur bébé.
Mais s'il ne « rencontre personne » c'est ce qui se passe le plus souvent – l'ovule tombe dans l'utérus et « meurt » tout naturellement. Dans ce cas, le tapis

de vaisseaux sanguins ne sert plus à rien. Il se désagrège et s'évacue sous forme de sang qui coule à travers le col de l'utérus puis le long du vagin et sort au niveau de la vulve. Ce sont les règles.
Dès que les règles apparaissent, un nouveau cycle débute…

À quel âge a-t-on ses premières règles ?

Les règles apparaissent environ deux ans après les premières transformations de la puberté, l'apparition des seins et des poils pubiens. L'âge moyen constaté pratiquement partout dans le monde se situe entre 12 ans et demi et 13 ans, mais c'est imprévisible et très variable.

Certaines filles sont réglées très tôt, à 10 ans. À cet âge-là, il est parfois difficile d'être la seule fille de sa classe à « les avoir », et de ne pas pouvoir partager ses craintes et ses questions avec les copines qui sont encore loin de ces préoccupations.

D'autres au contraire ont leurs règles assez tard, vers 16 ans, et c'est alors l'attente qui paraît longue. Quand toutes les copines les ont et elles, toujours pas. Avant 16 ans, pas de panique, tout est normal, il faut juste patienter.

Il est très rare qu'à 16 ans révolus, vos règles ne soient toujours pas là mais si c'est votre cas, consultez un médecin. Un examen de vos organes génitaux et un dosage d'hormones permettront de s'assurer qu'aucune anomalie n'empêche vos règles d'arriver. Au besoin, on vous prescrira un traitement pour les faire venir.

Quel volume de sang perd-on et combien de jours durent les règles ?

La durée des règles est variable d'une fille à l'autre. En moyenne cinq à sept jours, avec deux à trois jours de saignements un peu importants. Au début, le sang est souvent rouge vif, parfois foncé, presque noir ; à la fin, il devient plutôt marron. Son abondance, comme sa durée, est très variable d'une femme à l'autre et d'un cycle à l'autre. Mais en réalité, même lorsque vous avez la sensation de saigner beaucoup, vous ne perdez guère plus 100 ml de sang (l'équivalent d'une tasse à café).

Pourquoi ça fait mal au ventre d'avoir ses règles ?

Pour permettre à l'utérus de bien se vider au moment des règles, le muscle qui forme sa paroi externe se contracte. De la même manière que lors d'un accouchement pour faire sortir le bébé, mais en moins fort. Il n'empêche que ces contractions (dont l'intensité est variable selon les filles) peuvent être très douloureuses et ressembler à des crampes à l'intérieur du ventre. Elles durent en général un ou deux jours avant les règles et au début de celles-ci. Durant les deux premières années, ces douleurs sont souvent très fortes. Elles le sont parfois tellement, que certaines filles manquent fréquemment le collège à cause de cela. Avec le temps, les douleurs deviennent plus supportables. Ces douleurs peuvent être soulagées par des médicaments, le phloroglucinol (Spasfon), l'ibuprofène ou le paracétamol. Avant de les utiliser, demandez conseil à vos parents car il y a toujours des doses à respecter et des contre-indications. L'aspirine, qui est généralement un très bon anti-douleur, est déconseillée pendant les règles car elle fluidifie le sang et vous risquez de saigner davantage. Certains petits moyens peuvent aussi vous aider à soulager ces douleurs : prendre un bain chaud ou vous allonger avec une bouillotte sur le ventre ou dans le dos, par exemple. Les études montrent aussi que les filles qui font du sport régulièrement ont en général moins de douleurs que celles qui n'en font pas. Si calmants, bouillotte et sport ne vous soulagent pas, consultez un gynécologue qui s'assurera que tout est normal et, au besoin, vous donnera un traitement. La pilule, qui bloque le mécanisme des règles (voir encadré), permet de soulager celles d'entre vous qui ont systématiquement très mal et de leur rendre une vie normale.

Est-il normal de saigner beaucoup ou très peu ?

Oui, c'est normal. Certaines filles ont des règles naturellement abondantes et d'autres plus faibles. Les règles peu abondantes sont moins gênantes et ne posent aucun problème. Saigner beaucoup, en revanche, oblige à se changer plus souvent pour éviter les fuites. Et surtout, si vous perdez beaucoup de sang, vous devenez anémique. C'est-à-dire que vous souffrez d'un manque d'hémoglobine. L'hémoglobine est la molécule qui transporte l'oxygène dans vos cellules. Si vous en manquez, vos muscles, votre cœur, vos poumons… sont moins bien oxygénés. Vous avez alors tendance à être fatiguée, sans énergie, facilement essoufflée, vous pouvez même ressentir des palpitations du cœur. À partir d'un certain niveau de manque, cela se voit sur votre visage, vous êtes toute pâle. Mais heureusement, il suffit que votre médecin vous prescrive des comprimés de fer pour que tout rentre dans l'ordre, car c'est avec du fer que se fabrique l'hémoglobine.

Qu'est-ce que la pilule ?

La pilule, ce sont des hormones sexuelles synthétiques. Il en existe plusieurs sortes mais on dit toujours « prendre la pilule ». Lorsque vous prenez la pilule, cela empêche vos hormones naturelles d'agir. Votre cycle menstruel est bloqué, l'ovulation ne peut plus avoir lieu et les règles disparaissent*. Dans ces conditions, une femme peut avoir des relations sexuelles avec un homme sans prendre le risque de tomber enceinte. C'est pour cela que la pilule a été inventée. On dit que c'est un contraceptif. Mais chez les jeunes filles de votre âge, on l'utilise parfois pour d'autres effets : elle permet en effet de soulager celles qui ont des règles très douloureuses qu'aucun autre traitement ne calme ; elle permet aussi de supprimer les règles trop abondantes et les risques d'anémie ; certains types de pilule, enfin, permettent de lutter contre l'acné.

*** Sous pilule on a parfois de fausses règles mais elles sont toujours moins abondantes et leur mécanisme n'est pas le même.**

Est-on plus sensible au froid et au chaud, pendant ses règles ?

Tout le monde ne réagit pas de la même façon. Certaines filles n'éprouvent ni maux de ventre, ni sautes d'humeur à l'approche de leurs règles mais, pour beaucoup, la chute des hormones en fin de cycle est un passage un peu délicat à vivre, physiquement et psychologiquement. Lorsque leur taux diminue, les plus sensibles d'entre vous ont tendance à avoir facilement le cafard, envie de pleurer pour un oui, pour un non, à être énervées, un peu agressives même.

Certaines sensations physiques désagréables peuvent vous envahir, l'impression d'être fatiguée dès le matin au réveil, des sensations de nausée, des maux de ventre. Vous vous sentez peut-être plus frileuse l'hiver, vous supportez moins bien la chaleur l'été… Cela n'a rien d'anormal, à condition que ça ne dure pas plus

de quelques heures à deux ou trois jours par mois. Si ça s'éternise ou vous gêne, n'hésitez pas à en parler à un médecin, il y a souvent des solutions.

Serviettes ou tampons ?

Tampons ou serviettes, peu importe : l'essentiel est d'être à l'aise. Et contrairement à ce qu'on entend encore trop souvent dire, il n'y a aucun inconvénient à mettre des tampons, quel que soit votre âge, même si vous n'avez jamais eu de relations sexuelles. Car il est faux de penser qu'en utilisant des tampons, une fille perd sa virginité. Les tampons sont conçus pour s'adapter à votre corps et la paroi de votre vagin, très souple, les accepte bien. Vous ne courez aucun risque de déchirer votre hymen avec un tampon.

Serviettes et tampons remplissent le même rôle : absorber le sang pour vous maintenir au sec. Les unes

se présentent comme des bandes de matière absorbante que l'on colle au fond de la culotte, les autres sont de petits cylindres absorbants que l'on introduit à l'intérieur du vagin. Certaines filles préfèrent les serviettes parce qu'elles ne sont pas à l'aise avec cette idée d'introduire quelque chose dans leur vagin ; on peut aussi préférer sentir son sang s'écouler, cela donne l'impression de mieux suivre ce qui se passe dans son corps. D'autres utilisent les tampons car ils sont plus discrets, on ne les voit vraiment pas, même en maillot de bain.

Dans un cas comme dans l'autre, les seuls impératifs sont de les placer correctement (cela demande un peu plus d'entraînement avec les tampons) et de vous changer assez souvent pour qu'ils ne fuient pas et aussi pour des questions d'hygiène. Garder trop longtemps une serviette ou un tampon favorise le développement de mauvaises odeurs et augmente le risque de laisser des microbes proliférer et d'attraper une infection.
En France, aujourd'hui, la plupart des femmes utilisent alternativement tampons ou serviettes en fonction de leur activité du moment.
Les serviettes sont devenues très pratiques, fines et imperméables, elles se collent sur le slip et restent ainsi dans la bonne position. Leur gamme est étendue. Elle va des « spécial nuit » très absorbantes qui permettent de dormir tranquille, jusqu'aux protège-slips pour les quelques taches des derniers jours (utilisables aussi pour les pertes). Parmi les tampons aussi, il y a une

gamme « super » pour les saignements importants, « normal » et « mini » pour le début ou la fin des règles. La journée, utiliser des tampons permet de mener vos activités en oubliant presque que vous avez vos règles. Ils possèdent un avantage incontestable, à la mer ou à la piscine : on peut se baigner avec !

Petite histoire des protections périodiques

Avant la Première Guerre mondiale, les serviettes hygiéniques jetables n'existaient pas. Les femmes utilisaient du coton enveloppé dans des carrés de tissu qu'il fallait laver. Une vraie galère ! Difficile de faire discret, même sous des jupes, car marcher avec ce dispositif entre les jambes n'était sûrement pas très pratique. Sans parler de l'angoisse des fuites et des mauvaises odeurs, car se changer n'était pas aussi aisé qu'aujourd'hui.

Au fil du temps, les serviettes jetables sont devenues accessibles à toutes et leurs performances se sont améliorées. Elles sont à présent minces et très absorbantes.

Parallèlement, après la Seconde Guerre mondiale, les premiers tampons en provenance des États-Unis ont fait leur apparition sur le marché.

Et il a fallu du temps pour vaincre les réticences psychologiques et culturelles des femmes à introduire ces tampons dans leur vagin. D'ailleurs, il y a encore de nombreux pays, en Afrique et en Asie notamment, où on ne peut pas acheter de tampons : on ne les trouve pas dans les magasins.

À quel âge peut-on mettre des tampons ? Comment les utilise-t-on ?

Essayez d'abord avec un mini tampon, en commençant par bien lire la notice. Chaque boîte de tampons en contient une, très claire, illustrée avec des schémas, qui expliquent comment les mettre.

Il y a deux façons de placer un tampon, soit directement en le poussant avec un doigt, soit en utilisant un applicateur en carton ou en plastique. Cette solution est généralement plus facile au début. Les boîtes de tampons mentionnent s'ils sont avec applicateur ou pas. Vérifiez bien lors de l'achat. Les boîtes de tampons avec applicateur sont plus grandes. Ces tampons sont moins discrets et ne se glissent pas aussi facilement dans la poche d'un jean que les tampons sans applicateur.

L'important est de bien placer le tampon pour qu'il ne vous fasse pas mal, puis d'en changer régulièrement, toutes les deux ou trois heures au moins. Si un tampon vous fait mal, c'est qu'il est mal mis : retirez-le et placez-en un autre. Si vous ressentez des sensations de frottement désagréables, c'est sans doute en raison de la mauvaise qualité du tampon : les tampons bon

marché sont souvent moins doux et parfois irritants. Pour retirer un tampon, rien de plus facile, il suffit de tirer sur la petite ficelle qui dépasse.

Et surtout, ne l'oubliez pas à l'intérieur à la fin de vos règles… Cela se voit ! Il y a même des étourdies qui oublient parfois d'enlever le précédent avant d'en remettre un… Enfin, n'oubliez jamais de vous laver les mains avant et après application.

Faut-il se laver plus souvent quand on a ses règles ?

Règles ou pas, se doucher quotidiennement est une bonne chose. Au moment des règles, on ressent souvent le besoin de prendre une douche matin et soir, surtout l'été. L'idéal est de le faire avec un savon doux, surgras, ou un pain ou gel sans savon. Car l'utilisation de savons classiques, trop ou pas assez acides, bourrés de colorants et de parfums chimiques, n'est pas idéale pour les muqueuses de votre vulve et de votre vagin. Leur utilisation fréquente risque de les fragiliser et de favoriser à la longue les démangeaisons, les sensations de brûlures et l'installation de microbes. D'une manière générale, ne cherchez surtout pas à savonner l'intérieur de votre vagin, il n'en a pas besoin, au contraire ! Cela va sans doute vous paraître curieux, mais la meilleure façon de vous laver le sexe, c'est de vous savonner et de vous rincer… à la main. C'est bien mieux, en tout cas, que de réutiliser un gant de toilette que l'on rince à l'eau tiède, puis qui traîne, humide sur le rebord d'un évier, formant un excellent bouillon de culture dans lequel les microbes aiment à se développer.

Est-ce qu'on peut faire du sport quand on a ses règles ?

Oui, non seulement vous pouvez, mais il est même conseillé de faire du sport, pour celles d'entre vous qui souffrent de maux de ventre durant cette période, car l'exercice physique les atténue. En revanche, ce n'est pas le moment idéal pour tenter de battre des records, car vous êtes souvent plus fatiguée.

Se baigner ne pose aucun problème du point de vue de votre santé ou de votre hygiène corporelle. Le seul inconvénient, ce sont les « fuites ». Mais grâce aux tampons, il n'en est plus question. Vous en placez un juste avant d'aller dans l'eau, et vous le changez en sortant si vous voulez éviter de prendre le moindre risque. En effet, comme il est tout gonflé d'eau, il n'est plus efficace pour absorber le sang.

SEXUELS
DE POIDS
PILULES
POILS
qui poussent
CHAMPIGNONS
SEINS
REGLES
ANTI-DOULEURS
SIDA
SERVIETTE
HYGIENIQUE
TRAITEMENT
contre les
M.S.T
Tampons
ÊTRE...
FEMME

chapitre

5

Quelque chose ne tourne pas rond

Pourquoi parfois ça pique quand on fait pipi ?

Si vous avez tout le temps envie de faire pipi, souvent juste « trois gouttes », et qu'à chaque fois ça brûle, vous avez une infection urinaire (on dit aussi une cystite). En général, la responsable est une petite bactérie du nom barbare d'*Escherichia coli* ou plus simplement colibacille. Elle s'installe dans votre vessie, y fait des petits en grand nombre et c'est ce qui déclenche les douleurs et les brûlures.

À l'état normal, on trouve ces microbes dans les selles (où ils vivent normalement, sans créer de problèmes), mais pas dans les urines.

Chez les garçons, l'infection urinaire est rarissime car l'orifice par lequel ils urinent est situé très loin de l'anus d'où sortent les bactéries. Chez les filles, en revanche, l'infection urinaire est très fréquente parce que l'anus est situé très près du méat urinaire (orifice par lequel s'écoule l'urine). C'est généralement en s'essuyant les fesses après avoir été à la selle qu'on ramène ces microbes devant le méat. Ils se glissent dedans et comme le conduit qui mène à la vessie est très court, les bactéries ont vite fait de gagner l'intérieur de votre vessie pour déclencher l'infection. Il faut absolument la soigner car, de la vessie, les colibacilles peuvent remonter vers les reins et les endommager. Cela peut alors être très grave car les reins ont pour rôle de filtrer et d'éliminer dans les urines des déchets produits par notre organisme. Sans les reins, ces produits, toxiques, nous empoisonneraient. On ne peut pas vivre sans reins !

Le mieux est donc de tout faire pour ne pas attraper d'infection.

Pour cela, quelques règles simples sont à respecter :
Toujours vous essuyer d'avant en arrière quand vous allez aux toilettes, pour ne pas ramener les microbes de l'anus vers les voies urinaires.

Vous laver les fesses et le sexe chaque jour et même deux fois par jour quand il fait chaud et qu'on transpire (les microbes aiment bien la chaleur humide), avec un savon doux, sans parfum ni colorant, et non allergisant. Changer de culotte chaque jour et préférer les culottes de coton, dans lesquelles on transpire moins.

Boire beaucoup pour faire pipi souvent et éviter ainsi à d'éventuels microbes d'avoir le temps de se multiplier dans votre vessie.

Si, malgré le respect de ces consignes, vous attrapez une infection, il faut consulter un médecin pour qu'il vous prescrive un traitement. Le plus souvent un traitement antibiotique court, un ou deux jours seulement, suffit à vous tirer d'affaire. Mais si vous avez tendance à être victime d'infections à répétition, un bilan plus approfondi pour s'assurer qu'il n'y a pas de problème au niveau de vos reins sera nécessaire.

J'ai une copine qui a eu une mycose : qu'est-ce que c'est ?

La mycose est aussi une forme d'infection mais le microbe responsable appartient à la famille des champignons microscopiques. Dans l'immense majorité des cas, c'est un *Candida albicans* (c'est pourquoi on parle aussi parfois de candidose). Il s'installe dans votre vagin et au niveau de la vulve et irrite les muqueuses qui deviennent rouge vif, brûlent et démangent. Cette infection entraîne des pertes blanches, épaisses, qui ressemblent à du lait caillé. Ce n'est pas grave, mais drôlement désagréable.

Ces *Candida albicans* ne sont pas de grands voyageurs, ils sont nés sur place, dans votre vagin. Tant qu'ils ne sont pas trop nombreux, ils ne dérangent pas : des microbes bénéfiques appelés bacilles de Doderlein (ou flore vaginale) maintiennent un bon équilibre en empêchant les *Candida albicans* de proliférer. Mais ces bacilles sont fragiles et peuvent être détruits par les fameux produits d'hygiène intime, savons irritants, parfums, colorants... Les *Candida albicans* ont alors toute la place pour eux tout seuls et se multiplient jusqu'à déclencher l'infection. Pour la soigner, il faut détruire ces champignons grâce à un traitement et ainsi rétablir l'équilibre normal de la flore vaginale. Ce traitement se présente sous forme de petites capsules rondes ou ovales, appelées ovules gynécologiques, qu'on introduit dans le vagin. Elles fondent à l'intérieur, comme des suppositoires, en libérant le médicament.

Pour minimiser les risques de mycose vulvo-vaginale, les conseils sont les mêmes que pour prévenir l'infection urinaire (voir la question précédente). Et surtout, n'oubliez pas de bien vous sécher, après une toilette intime, car l'humidité locale peut favoriser le développement d'une mycose.

À quoi sert un gynécologue ?

Pertes anormales, démangaisons, règles douloureuses ou trop abondantes… Tous ces ennuis ont leur médecin spécialisé : le gynécologue. Il connaît tout de la santé des organes génitaux féminins et de ce qui concerne la reproduction. À votre âge, quand on consulte un gynécologue, c'est que quelque chose ne tourne pas rond.

Par la suite, même si tout va bien, aller chez le gynécologue va devenir presque une habitude. Eh oui ! À partir du moment où vous aurez des relations sexuelles, vous devrez vous faire suivre régulièrement par un gynécologue. Car il soigne les maladies mais il consacre aussi beaucoup de temps à surveiller que les femmes restent en bonne santé. Il prescrit la pilule à celles qui veulent éviter de tomber enceintes et vérifie régulièrement qu'elle est bien tolérée. Il traque aussi, par des examens systématiques, les infections discrètes qui peuvent passer inaperçues longtemps et créer des dégâts au niveau des trompes de l'utérus.

D'une manière générale, il dépiste toutes les maladies susceptibles de toucher vos organes génitaux et vos seins. Enfin, il s'assure également du bon déroulement des grossesses.

Ma première consultation

La première consultation est toujours un peu stressante. Quelqu'un que vous ne connaissez pas va examiner la partie la plus intime de votre corps. Psychologiquement, ce n'est pas très agréable, c'est vrai. Mais physiquement, cela ne fait pas mal. Et puis, dites-vous bien que pour le médecin, ce n'est pas une nouveauté, il fait le même examen à plusieurs dizaines de femmes chaque semaine, son regard n'a donc rien à voir avec celui d'une personne « normale », c'est un regard d'expert.

En général, on choisit son (ou sa) gynécologue en fonction du « bouche à oreille », certains sont connus pour avoir une grande habitude des adolescentes.
Le plus souvent, c'est votre maman qui prend le rendez-vous et vous accompagne.

Aller avec elle est plutôt rassurant mais si vous n'avez pas envie qu'elle assiste à l'examen, n'hésitez pas à lui demander de sortir, elle le comprendra probablement très bien.

Pour analyser votre problème, le médecin va devoir vous poser des questions intimes et vous examiner entièrement nue. Il va palper vos seins et faire un examen gynécologique, c'est-à-dire regarder si tout est normal au niveau de votre vulve et de votre vagin. Ne vous inquiétez pas, s'il sait que c'est votre premier examen, il fera très attention à ne pas vous brusquer. On n'examine pas une jeune fille qui n'a jamais eu de relations sexuelles de la même manière qu'une femme qui en a déjà eu.

Je sens des boules dans mes seins, est-ce dangereux ?

Normalement, lorsque vous palpez vos seins avec le bout de vos doigts, ils sont souples et homogènes au toucher, on ne perçoit à l'intérieur rien de particulier. Mais il arrive que vous ayez la sensation qu'il y a une ou plusieurs petites boules à l'intérieur, comme de petites noisettes ou un peu plus grosses. Ces boules peuvent faire mal ou pas. Il n'y a là

rien d'exceptionnel et rien de dangereux non plus, mais cela nécessite tout de même un avis médical. Car si on ne fait rien, il peut arriver que les seins gonflent beaucoup, deviennent très tendus et douloureux et même que la peau « craque » par endroits, formant des cicatrices appelées vergetures qui sont disgracieuses et ne disparaissent pas.

Pour préciser ce qui se passe exactement dans vos seins, le médecin va probablement vous prescrire une échographie. C'est un examen tout à fait indolore et inoffensif qui permet de préciser la nature, la taille et le nombre de « boules ».

Elles sont, dans l'immense majorité des cas, en rapport avec un déséquilibre hormonal passager car votre système hormonal est en « rodage » et parfois tout ne fonctionne pas encore parfaitement. La prise d'un traitement pendant quelque temps règlera le problème. Le plus souvent, il s'agit d'une pilule. Ce traitement a le double avantage de faire « fondre » la ou les boules et de calmer vos douleurs.

Il paraît que c'est possible d'avoir les tétons rétractés ?

Oui c'est possible, et c'est même fréquent : une femme sur dix aurait un ou même les deux mamelons rétractés. C'est-à-dire qu'au lieu de pointer vers l'extérieur, ils sont comme tirés vers l'intérieur du sein (voir schéma), à divers degrés. Certains sont rentrés « en temps normal » mais sortent si on les stimule en les caressant, ou au contact du froid, en passant un glaçon dessus, par exemple. Alors que d'autres restent toujours cachés à l'intérieur quoi qu'on fasse. C'est comme ça, c'est la nature ! La plupart des jeunes filles qui ont des mamelons rétractés ne savent pas que c'est fréquent et en sont complexées. Quand cela vous arrive, vous croyez souvent être la seule dans ce cas, vous n'en parlez à personne, et vous cachez vos seins. Rassurez-vous : d'abord, on peut avoir de très jolis seins même avec les tétons rentrés et ce n'est pas ce qui empêche un garçon de tomber amoureux ! Cependant, si vous n'arrivez toujours pas à accepter vos seins, lorsqu'ils seront complètement formés, il sera possible de vous faire opérer. L'intervention est rapide et efficace, elle consiste à sectionner des fibres qui maintiennent les mamelons tirés vers l'intérieur. Mais attention, si cette intervention ne semble pas poser de problèmes particuliers lors de l'allaitement, on manque encore d'études pour en être tout à fait sûr. Il faudra donc être prudente, bien réfléchir et vous renseigner avant de prendre une telle décision.

Depuis que je suis réglée, je n'arrête pas de grossir, est-ce normal ?

Tant que votre croissance n'est pas terminée, il est tout à fait normal que vous ayez bon appétit et que vous preniez du poids. Et beaucoup même, puisque entre le début de votre puberté et votre taille d'adulte, en quelques années, votre poids va doubler. Mais c'est normal, on ne peut pas grandir beaucoup sans prendre du poids. Au final, vous aurez plus de centimètres en hauteur, des os plus longs et plus forts, des seins qui n'existaient pas… tout cela pèse davantage. Mais si vous veillez à manger correctement, vous n'aurez pas forcément plus de graisse. Faites attention en particulier à ne pas grignoter entre les repas ni abuser des sodas, des frites et hamburgers, plus caloriques que diététiques. Le fait d'être réglée ne fait pas grossir ; en revanche, dans les jours qui précèdent les règles, certaines filles ont tout le temps une fringale. Si c'est votre cas, soyez un peu plus vigilante durant cette période du cycle ; et si vous ne pouvez pas vous retenir de grignoter, choisissez plutôt pommes, carottes, eau, thé ou tisane, au lieu de chocolats, milk-shakes et saucisses frites. Enfin, acquérir un corps de femme peut vous donner l'impression de grossir. En effet, à la puberté, alors que les garçons fabriquent de plus en plus de muscle, vous les filles, vous avez tendance à « prendre » des fesses et des hanches. Vous ne devenez pas grosse et, même si ça peut paraître étonnant, vous constituez des réserves en répartissant vos graisses à ces endroits-là. C'est comme cela depuis la nuit des temps ! Il s'agit d'une caractéristique de l'espèce humaine. Le but était de permettre aux femmes enceintes ou allaitant de nourrir leur enfant et de survivre plus longtemps en cas de famine, en puisant dans ces réserves. Aujourd'hui, dans notre pays, ces graisses ne sont plus vraiment utiles, elles sont d'ailleurs moins importantes que chez nos lointaines ancêtres.

Si vous avez vraiment un problème de poids ou d'alimentation, mieux vaut en parler à un médecin nutritionniste et prévoir avec lui une prise en charge adaptée pour un contrôle lent et régulier de votre poids, moins spectaculaire mais plus efficace et durable.

chapitre

6

Plaisir et désirs

Je ne peux m'empêcher de me caresser le sexe, suis-je normale ?

Vous n'avez aucune inquiétude à avoir. Si personne n'en parle, tout le monde ou presque (difficile de savoir…) se caresse. Et cela n'a rien de honteux ; comme pour les garçons, on appelle cela « se masturber ». Si on n'en discute pas en public, c'est qu'il s'agit d'une pratique intime. Autrefois taboue, particulièrement chez les filles, et même condamnée, la masturbation est aujourd'hui admise comme quelque chose de normal et même de sain par tous les spécialistes de la sexualité. D'ailleurs, si on a tendance à se masturber plus qu'avant à adolescence, cette pratique existe déjà chez les petits enfants. Preuve en est que c'est un acte naturel !

Vous masturber permet de vous faire du bien, de vous décontracter et vous aide à mieux connaître votre corps et son fonctionnement.

Par ailleurs, votre sexe est conçu en partie pour ça. Il joue en réalité deux rôles, il participe à la conception des enfants et c'est aussi un organe de plaisir. La preuve, votre clitoris n'a pas d'autre fonction que de vous procurer des sensations agréables.

Pour cela, tout le monde ne s'y prend pas exactement de la même manière, chacune a son style et ses secrets. Le plus souvent, il s'agit de petits mouvements de va-et-vient sur le capuchon du clitoris avec un ou deux doigts. Certaines femmes se caressent aussi l'intérieur du vagin avec leurs doigts. Serrer les jambes pour contracter les muscles des cuisses et des fesses, peut favoriser l'arrivée du plaisir. Ces manipulations conduisent à l'état d'excitation sexuelle, le même que lorsque vous ferez l'amour avec une autre personne. Votre clitoris gonfle, un liquide lubrifiant, transparent et légèrement visqueux s'écoule de votre vagin. Son rôle sera, le moment venu, de permettre la pénétration en douceur du sexe d'un homme. C'est pourquoi de nombreux sexologues pensent que la masturbation ne sert pas seulement à passer un bon moment avec soi-même, mais qu'elle permet aussi de vous préparer à faire l'amour, un entraînement physique en quelque sorte.

Avec ces caresses, vous ressentez une sensation de plaisir de plus en plus intense, ça monte, ça monte et puis cela redescend, comme une vague qui arrive et qui se retire. On appelle cela jouir ou avoir un orgasme.

La masturbation, une pratique dangereuse ?

La question vous fait peut-être sourire. Quel risque peut-on bien courir simplement en caressant son corps ? Il y eut pourtant en France, au XIXe et au début du XXe siècle, des médecins pour croire que cela pouvait nuire à la santé et répandre des idées aussi farfelues que : la masturbation rend sourd, aveugle et même arriéré mental. Ils prétendaient aussi qu'elle donnait des boutons, empêchait de grandir ou encore entraînait des vertiges… Pour guérir les femmes d'une maladie mentale, l'hystérie, censée être déclenchée par la masturbation, certains n'hésitaient pas à enlever chirurgicalement le clitoris ou à le brûler.

Aujourd'hui, il est clair pour tout le monde que se masturber n'est pas dangereux pour la santé. Cependant, cette pratique reste unanimement condamnée par les religieux catholiques, musulmans et juifs, comme une pratique impure et honteuse. Mais qui vient vérifier ce qui se passe dans l'intimité de chacun…

Qu'est-ce que c'est, l'orgasme ?

Sachez-le, rien n'est comparable à l'orgasme, cette sensation de plaisir intime et intense, tout à fait indescriptible. Quelque chose qui vous « scotche au plafond » ! C'est le point culminant du plaisir sexuel. Il peut être déclenché par la masturbation, les rêves érotiques ou les relations sexuelles, et survient comme une explosion, un feu d'artifice soudain et éphémère qui envahit votre corps et votre tête.

On ressent souvent cette sensation à l'apogée d'une masturbation ou d'une relation sexuelle mais ce n'est pas du 100 % garanti, il se peut aussi qu'on ait du plaisir sans aller jusqu'à cette incroyable intensité de l'orgasme. Pourquoi ? Il n'y a pas de raison précise et unique à cela. Question d'envie, de forme physique, de fantasmes et d'amour. Dans ce cas-là, rien de grave, ce sera pour la prochaine fois…

J'ai envie d'être tendre avec mon amie, de la caresser, suis-je homosexuelle ?

Peut-être, mais rien n'est sûr. Il est fréquent à votre âge d'avoir envie d'être tendre avec un camarade du même sexe (c'est vrai aussi pour les garçons), parce que vous ne connaissez pas encore bien vos désirs et que l'amour et l'amitié ont tendance à être également forts et à se confondre. Mais cela ne donne pas forcément d'indications sur la suite de votre vie amoureuse…

À l'âge adulte, il se peut que vous ne soyez attirée sexuellement que par les filles, c'est ce qu'on appelle être homosexuelle (on dit aussi lesbienne).

Il se peut aussi que vous tombiez amoureuse indifférem-ment d'une fille ou d'un garçon, étant tantôt homo et tantôt hétérosexuelle : on parle alors de bisexualité.

Il se peut enfin que votre attirance pour une amie soit vraiment passagère et que, par la suite, vous vous révéliez préférer définitivement les hommes. Cela arrive souvent.

Il vous faut donc vieillir encore un peu pour connaître avec certitude votre orientation sexuelle. Mais, quelle qu'elle soit, il n'y a jamais de honte. Être homosexuel n'est ni une anomalie, ni une maladie. L'important est d'être en accord avec soi-même !

Une lesbienne est une fille comme vous et moi, qui tombe amoureuse, mais d'une autre fille, et qui la désire, a envie de vivre avec elle et d'être heureuse. Elles partagent les mêmes choses que tous les autres couples, ceux qui réunissent un homme et une femme, ou deux hommes.

À quel âge peut-on tomber amoureux et faire l'amour ?

Tomber amoureux, c'est comme lire Tintin, on peut le faire de 7 à 77 ans (et même plus tôt et plus tard) ! C'est ce qui se passe entre soi et son amoureux qui change en fonction de l'âge.

Pour les plus jeunes, tomber amoureux, c'est avoir du plaisir à être ensemble, à partager des secrets, à se

tenir par la main, à se faire des bisous… Plus on grandit et plus, naturellement, on a envie de se toucher, de s'embrasser. À partir d'un certain âge, on se sent enfin mûr pour partager une relation sexuelle. Il n'y a pas d'âge fixe ni de règles pour cela, c'est 15 ans pour les unes, 20 pour les autres et aux alentours de 17 ans pour la grande majorité des filles.
L'important, c'est vraiment de se sentir physiquement et psychologiquement prête, car cette première relation doit être vécue sans angoisse, dans la confiance et le respect mutuel. Ce qui ne signifie pas sans une certaine appréhension, car beaucoup considèrent la première relation sexuelle comme une étape importante dans la vie. Ce n'est pas rien de partager son corps avec quelqu'un !

Il est donc préférable de ne pas vous précipiter, d'attendre de rencontrer une personne que vous aimez et de la connaître suffisamment pour vous sentir à l'aise.

Est-ce que ça fait mal, la première fois qu'on fait l'amour ?

Non, cela ne fait pas forcément mal. Il se peut tout de même que vous ressentiez une sensation désagréable, comme une petite coupure, au moment de la toute première pénétration, si votre hymen est un peu serré et que le sexe du garçon le déchire en passant. Mais il s'agit rarement d'une douleur importante. Dans ce cas-là, vous allez probablement saigner quelques gouttes, rien de bien impressionnant.

Par ailleurs, certaines filles ne ressentent aucune douleur et ne saignent pas au moment de leur première relation sexuelle, soit parce qu'elles n'ont pratiquement pas d'hymen, soit parce qu'il est très souple et ne se déchire pas.
En réalité, tout dépend surtout des conditions dans lesquelles se déroule cette relation, si vous êtes tendue, mal à l'aise, si vous appréhendez terriblement, vous êtes à peu près sûre d'avoir mal. Si, en revanche, vous vous sentez prête, en confiance, que vous êtes avec un garçon doux et patient, que vous aimez et qui vous aime… vous mettez toutes les chances de votre côté pour que cela se passe vraiment bien.

Attention, dès votre première relation sexuelle, vous devez vous protéger et continuer de le faire par la suite. Le virus du sida se loge dans le sang et dans les sécrétions sexuelles. La seule protection efficace consiste à utiliser un préservatif pour faire l'amour. Il existe aujourd'hui des préservatifs masculins et féminins. L'un et l'autre sont des sortes d'emballages de latex ou de polyuréthane, qui recouvrent le pénis du garçon ou tapissent l'intérieur du vagin de la fille, évitant le contact direct avec les sécrétions sexuelles du partenaire.

chapitre

7

Sexe féminin, cultures et sociétés

Les filles parlent-elles moins de sexe que les garçons ?

En parlent-elles réellement moins ou bien différemment ? À votre âge, quand on parle de sexe, c'est avant tout pour savoir et comprendre. Il s'agit d'explorer le monde inconnu, attirant et en même temps un peu angoissant de la sexualité.

Parce qu'ils sont plus immatures que vous au même âge, les garçons ont généralement encore plus de mal à parler de sexe sérieusement et sans gêne. Il vous arrive sans doute de poser des questions à votre mère, vos sœurs ou vos copines. Les garçons, eux, parlent rarement de sexualité avec leur père et sans doute moins encore avec leurs frères et leurs copains.

Si vous avez l'impression qu'ils en parlent beaucoup,

c'est peut-être parce qu'ils ont une autre façon de glaner des renseignements : sans se dévoiler, tout en faisant semblant de tout savoir sur le sujet. Comme le sexe commence à les intéresser vraiment, ils ont trouvé un moyen détourné d'aborder le sujet. Ainsi, ils trouvent généralement plus viril de cacher leur ignorance derrière des provocations et des plaisanteries douteuses. Ils prennent aussi plaisir à essayer de vous choquer et à en rire entre eux. Mais ne vous faites pas d'illusions : ils ne sont ni plus à l'aise, ni plus rassurés que vous ! Pas moins pudiques non plus. Et d'ailleurs, lorsqu'il s'agit de se retrouver seul en face d'une fille ou de dialoguer en groupe de sexualité (par exemple, à l'occasion d'un cours d'éducation sexuelle), ils ne sont souvent pas plus bavards que vous.

Un garçon peut-il forcer une fille à avoir des relations sexuelles ?

Non, physiquement c'est possible mais pas moralement et légalement c'est interdit. C'est une forme de violence et la violence n'est jamais acceptable. Votre corps vous appartient et absolument personne, sous aucun prétexte, n'a le droit de le toucher sans votre autorisation.

Si quelqu'un a envers vous des gestes déplacés, ne le gardez pas pour vous, parlez-en à un adulte qui saura vous conseiller. Mais il arrive parfois, hélas, que ce genre de choses se passe à l'intérieur même de la famille. Si vous ne parvenez pas à en parler à un adulte proche, adressez-vous à l'infirmière ou l'assistante sociale du collège, par exemple. Vous pouvez aussi en parler au téléphone à une personne formée pour vous écouter et vous conseiller. Il existe plusieurs numéros d'appel gratuits à partir d'un téléphone fixe, anonymes et confidentiels (personne ne peut savoir que vous avez appelé car le numéro ne s'affiche pas). L'un des plus connus est *Fil Santé Jeunes*, où quelqu'un vous répond tous les jours de 8 heures à minuit. Le numéro est le 0800 235 236. Ils ont aussi un site plein de bons conseils et d'informations : **www.filsantejeunes.com**

Pourquoi autant de femmes à moitié nues, dans la publicité ?

Parce que les publicitaires utilisent l'image sexy de la femme pour faire vendre… un peu tout et n'importe quoi. L'idée est née d'une équation simple : les hommes apprécient les jolies femmes nues ou en sous-vêtements et les femmes aiment plaire aux hommes, donc, si on

parvient à faire croire à beaucoup de femmes qu'un produit peut les rendre plus séduisantes, il sera possible d'en vendre énormément et de gagner beaucoup d'argent.
Et c'est ainsi qu'on nous vend non seulement des sous-vêtements censés nous mettre en valeur, mais aussi des savons « véritables produits de beauté », des yaourts qui font à l'intérieur des trucs qui se voient à l'extérieur, de l'eau minérale qui aide à maigrir et tout un tas de produits minceur censés nous donner un corps de rêve.

Ça me gêne de voir des scènes d'amour à la télévision devant mes parents...

Que vous soyez gênée de voir des scènes de sexe en présence de vos parents n'a rien d'anormal, car elles évoquent un sujet intime dont, par pudeur, on parle peu. Mais en principe, à partir du moment où vos parents vous laissent regarder des films avec des scènes d'amour, en leur présence, c'est qu'ils jugent que vous êtes assez mûre pour cela et qu'ils sont prêts à aborder ce sujet avec vous, si vous le souhaitez. C'est même parfois une façon de vous tendre la perche car vous avez peut-être envie de leur poser des questions mais vous ne savez pas comment vous y prendre.

Cela dit, il est souvent plus facile de parler avec un seul des parents en tête à tête : la maman généralement pour les filles ! Quoi qu'il en soit, il est probable que

chacun et chacune d'entre vous fixera naturellement les limites de la discussion en fonction de sa pudeur. On n'est pas non plus obligé de tout se dire en famille.

Est-ce que l'amour, dans la vie, c'est comme dans les films X ?

Pas du tout. Dans ces films, il n'y a ni histoire, ni suspense, ni amour entre les gens ; uniquement des images de sexe qui ne correspondent pas du tout à une relation entre deux personnes qui s'aiment et se respectent. Beaucoup de femmes n'apprécient pas ce type de films car ils s'adressent essentiellement aux hommes. Pourquoi ? Parce qu'ils mettent en scène leurs fantasmes sexuels, c'est-à-dire des images qu'ils ont dans la tête et qui les excitent. Cela leur procure du plaisir. Un peu comme certains aiment regarder des films violents ou des films d'horreur et frissonner sur leur canapé. Attention, ce n'est pas pour autant qu'ils ont envie de vivre dans ce monde de violence et de terreur ! Eh bien, pour les films pornographiques, c'est pareil : dans leur vie amoureuse, les hommes, dans leur immense majorité, ne cherchent pas à vivre la même chose que dans les films X. Heureusement, car ces programmes présentent toujours des images de femmes soumises qui n'ont strictement rien à voir avec la réalité.

Y a-t-il des filles dans le monde en avance sur les Françaises question physique et sexualité ?

On a longtemps prétendu que les filles des pays du Sud étaient pubères un peu avant celles du Nord. Mais les études qui ont été faites ont, au contraire, prouvé que statistiquement, l'âge moyen de la puberté était le même quelle que soit l'ethnie ou le lieu géographique. Ces études démontrent même que, dans bien des pays d'Afrique, la sous-alimentation et les souffrances psychologiques dues à la misère ou à la guerre, retardent le développement pubertaire et en particulier l'arrivée des règles.

La maturité sexuelle suit naturellement le développement physique et l'âge des premières relations sexuelles devrait donc être équivalent partout, à condition que les jeunes filles puissent choisir et non pas subir des relations sexuelles imposées, par un mariage forcé par exemple, comme cela subsiste encore dans certaines traditions…

L'excision, une coutume barbare

L'excision consiste à enlever le clitoris et parfois les petites lèvres à des filles âgées de 2 à 14 ans, voire à des jeunes femmes plus âgées (cela dépend des cultures). Plus rarement, on pratique en plus l'infibulation, c'est-à-dire que l'on coud les grandes lèvres, ce qui ne laisse à la jeune femme qu'un tout petit orifice pour laisser s'écouler l'urine et le sang des règles.

100 à 140 millions de femmes dans le monde vivraient avec le sexe mutilé. Chaque année, 2 millions de petites filles et d'adolescentes subissent des mutilations sexuelles, selon les estimations de l'Organisation mondiale de la santé. Elles sont victimes de ces pratiques ancestrales, qu'on croit parfois, à tort, liées aux religions. Ces pratiques ont lieu essentiellement en Afrique et au Moyen-Orient. Le plus souvent sans hygiène et sans anesthésie.

Le fait d'appartenir à un clan qui perpétue cette tradition depuis longtemps, la garantie de la virginité jusqu'au mariage, ou encore l'hygiène sont les principales justifications de cet acte… Mais aucune n'est légitime ! Ces mutilations tuent, par infection ou hémorragie. Quand elles ne tuent pas, elles peuvent entraîner de terribles douleurs au moment de l'accouchement et des relations sexuelles.

En France, les mutilations sexuelles, parfois pratiquées sur des petites filles d'origine africaine, sont interdites et condamnées par la loi. C'est le cas dans beaucoup d'autres pays occidentaux et même dans plusieurs pays d'Afrique, où de nombreuses femmes se battent avec courage contre ces coutumes barbares qui n'ont plus de sens et qui doivent cesser.

DANS LA MÊME COLLECTION

SUJETS DE SOCIÉTÉ

Depuis que mon père est au chômage
Cannabis, mieux vaut être informé
Mais pourquoi tant d'interdits ?
Pourquoi la cigarette vous tente ?
Pourquoi le 11 septembre 2001 ?
À la fois française et musulmane
Non au racket !
Notre histoire à nous, les filles
Chacun son look
La violence en direct
Vous y croyez, vous, en Dieu ?
La drogue, vous êtes tous concernés
Touche pas à mon corps
Fan Mania
La mort, c'est pas une vie !
Sauvons la planète
Génération ordinateur
C'est quoi le spiritisme ?
Pourquoi tant d'injustice ?

ÉTUDES

Les devoirs, à quoi ça sert ?
Pas envie d'aller à l'école
Comment naissent les livres ?
Collège, mode d'emploi
On n'est pas des nuls !
Prêts pour la sixième !
J'apprends à travailler
Les années lycée...
Des ados en Europe
Je ne sais pas quoi lire !
Nous on n'aime pas lire...
Tout ce que vous pensez des profs...

MOI

La confiance en soi, ça se cultive
Les pourquoi des ados
C'est vraiment comme ça les filles ?
C'est vraiment comme ça les garçons ?
60 questions autour de la puberté

DANS LA MÊME COLLECTION

J'ose pas dire non !
Marre de mes kilos en trop
J'en ai assez de mon physique !
Je suis trop timide...
Et si la joie était là ?
Vous vous sentez seul...
Je ne sais pas qui je suis...
Tu t'es vu quand tu triches ?
Nous, les 11-15 ans
Ado Blues...
Nous les filles...
C'est pas facile de grandir !
Réveillez-vous les mecs !
J'écris mon journal intime
Jamais jaloux, vous ?

AMOUR ET AMITIÉ

Le Zizi, questions et réponses
Le grand Amour
Le coup de foudre, ça existe ?
L'amitié c'est sacré !
Pas si facile d'aimer
La sexualité expliquée aux ados
Un copain pas comme les autres...
Des mots pour dire...

FAMILLE

Jumeaux mais pas clones
Une mère, comment ça aime ?
Une nouvelle famille, c'est pas facile !
Mon père me manque
Un père, c'est pour la vie
Frères et sœurs, pour la vie ?
Les miens aussi ils divorcent !
On n'est plus des bébés

Découvrez aussi le spécial Oxygène de 256 pages, intitulé :
Un grand bol d'Oxygène,
160 questions strictement réservées aux ados
pour retrouver des éléments de réponse
à un grand nombre de questions que vous vous posez.

Conception graphique : Elisabeth Ferté
Réalisation : Hasni Alamat
Mise en couleurs : Claire Rébillard

ISBN : 978-2-7324-3544-2
Dépôt légal : janvier 2007
Conforme à la loi n°49-956 du 16 juillet 1949 sur les publications destinées à la jeunesse.
Imprimé en France par Pollina - n° L 41833